들꽃풀

들꽃풀

—

초판 1쇄 2021년 6월 21일
지은이 김영기
펴낸이 김영재
펴낸곳 책만드는집

—

주소 서울 마포구 양화로3길 99, 4층 (04022)
전화 3142-1585·6
팩스 336-8908
전자우편 chaekjip@naver.com
출판등록 1994년 1월 13일 제10-927호
ⓒ 김영기, 2021

—

—

ISBN 978-89-7944-764-4 (04810)
ISBN 978-89-7944-354-7 (세트)

책 만 드 는 집   시 인 선 1 7 1

들꽃풀

김
영
기

시
집

책만드는집

나의 인생 중 가장 어려웠던 시기라면 늦게 다가온 수년 전 퇴직 후, 그때 문학을 접하게 되었다. 바쁜 생활 속에서도 인생 이모작으로 뒤늦게나마 취미로 틈틈이 시작한 글쓰기가 이제 수년이 지났다. 문학 공부도 생각대로 안되고 글도 제대로 못 쓰지만 그래도 딱히 취미가 없어 손을 놓지는 않았다. 그저 생활하면서 그때마다 떠오르는 생각과 마음 그리고 느낀 바를 글로 적어보았다. 기쁘거나 슬플 때, 힘들거나 어려울 때, 잠이 오지 않을 때 나름대로 글 한 줄 쓰기 위해 얼마나 끙끙거렸던가? 이제 졸작을 들꽃, 풀처럼 용감하게 세상에 내보낸다.

이제 시작일 뿐이며 계속 짬짬이 글을 쓸 것이다. 독자들에게 좀 더 사랑받고 공감받는 그런 글을 쉽게 쓰고 싶은 작은 바람이다. 그리고 평범하고 아름다운 시인으로 살고자 더욱 노력해 나갈 것이다. 왜냐하면 "시인은 죽어도 고故 자를 쓰지 않는다"라고 어느 시인이 말했기 때문이다.

코로나-19로 어려운 시기에 늘 고생하는 가족에게 정말 고맙고 미안한 마음뿐입니다. 그동안 살아오면서 인연을 맺은 모든 분께 감사드리고 고마운 마음을 전하며 건승하기를 기원합니다. 또한 사려 깊지 못한 언행으로 상처를 받으신 분들께는 용서를 구합니다. 특히 문학의 길을 일깨워 주시고 가르쳐주신 P 스승님께 무한한 감사를 드립니다.

2021년 늦은 봄, 소백산 아래서
㠃軒 김영기

지난해부터 온 세상이 코로나-19로 모든 것이 멈춰버린 고단한 시간을 보내고 있다. 그동안 우리에게 일상이었던 삶의 모습들은 사라지고 마스크 없이는 한 발짝도 나갈 수 없는 불편하고 낯설고 어색한 생활을 이어가던 때에, 친구 오헌吾軒이 첫 시집 『들꽃풀』을 발간한다는 소식은 나를 무척 놀라게 했다. 누군가 "예술의 혼은 불우한 토양에서 싹을 틔우고 고난의 거름을 먹고 자란다"라고 했던가!

온 국민이 힘들어하던 시기에도 그는 꾸준한 노력으로 시집 출간을 준비해 온 것이다. 이렇게 어려울 때 그의 의지와 열정으로 탄생한 첫 시집 발간을 축하한다. 나와 오헌은 40년 지기 친구다. 공무원 시절 함께 근무하며 웃고 고민하고 힘겨워했던 일들이 인연의 끈이 된 것이다. 내 기억 속의 그는 뚝배기에 잘 끓여진 청국장과 같은, 언제나 정감이 있고 담백하며 변함이 없는 구수한 성품을 가진 친구다.

몇 년 전 어느 가을날, 황금 들판 다랑논 길을 지나 조그마한 시골 마을 식당에서 청국장을 곁들인 두부와 막걸리를 앞에 두고 많은 이야기를 나눌 기회가 있었다. 빨갛게 익은 두어 개 홍시를 바라보며 그가 습작을 하던 기억이 난다. 왜 안 그렇겠는가? 만산홍엽 풍성한 가을 녘에 자그마한 탁자 앞에서 오랜만에 친구를 만나 지난 회포를 풀고 있으니 어디 떠오르는 것이 시상뿐이겠는가! 그의 손에는 언제나 낡고 묵직한 검은 가방이 들려 있었는데 계속 문학에 관해서 공부해 온 것으로 생각된다. 그는 자연에 자라나는 들꽃과 풀을 보며 깊이 사색하고 음미하여 인간의 희로애락과 생로병사를 은유적이고 향기로운 시어詩語로 풀어놓는다.

소백산 자락 산야에 아무렇게나 피고 자란 꽃과 풀들이, 어릴 적 개울가에서 송사리 잡고 물장구치던 옛 기억들이, 하나둘씩 노란 잎새를 떨구어 내는 은행나무가, 부석사 배흘림기둥에 비치는 먼 소백산 사이로 스러지는 석양빛이,

꽁꽁 얼어버린 죽계구곡의 고드름이 그에게는 작품의 소재인 것이다. 그렇다! 그의 시는 한 폭의 서정적인 풍경화이자 산수화이다.

그는 자연의 깊은 성찰을 통해 감정을 펼치고 거기에 꼭 맞는 시어를 찾아내는 언어의 연금술사이다.

그가 이번 시집을 통해 세상으로 나아가 더욱 정진하여 문학인으로서 대기만성하기를 기대한다. 그의 성품과 의지로 보아 반드시 그날이 올 거라 믿으며 거듭 축하하는 바이다.

2021년 어느 봄날, 제월당霽月堂에서
小白 김경현

| 차례 |

1부   산다는 것은

2부 　할미꽃

3부   가을 산

4부   사모곡

1부

산다는 것은

무상

흰 구름 벗을 삼아
석양은 넘은 지 오래

두둥실 보름달은 강물 속 흐르는데

마음은
저 별을 좇아가
은하수로 떠도네

밤거리는 조용하고
내 마음 어수선한데

그래도 그리움은 하나같이 달려오는

밤바람
깊은 달빛들은
가슴속을 파고든다

밤하늘을 쳐다보며

밤하늘을 쳐다보며
사람들이 한 일 생각한다
인간의 찌든 냄새가 푸른 하늘을 검게 해

푸른 밤
맑은 별빛들 외
내 무엇으로 하늘 보며 살까

술의 힘 빌려 걸어가던
내 발자국 소리에 놀라
하늘을 바라보면 너 이슬방울 같은 영롱함

내 마음
서둘러 깨끗이 닦고
그대 내 품에 맞이하겠네

골목길 돌아들어
컴컴한 뒷길에서도
달빛 없는 그믐 길 험한 그 사이에도

작지만
맑은 빛들이
내 나갈 앞길을 밝힌다

마음

마음을 열어젖혀
흐르는 땀 식혀보자

하루가 숨 가쁜
우리 좀 쉬어 가자

생활에
시달린 아픔
사랑으로 치유하자

살면서 행복한 날
그 얼마나 있을까

세상사 그저 그렇게
마음먹기 달렸다지만

이 작은
내 마음 하나
어찌하지 못하니

인생 1

인생이란 길 위에서 누구나 태어나면
쉼 없이 걸어가는 노숙자가 되는 거다

인생은
흘러가는 것
삶으로 채우는 것

사랑도 생활 함께 동행하면 좋으련만
우리들 삶 속에서 부도는 내지 말자

청명한
추풍秋風의 향기
물결치는 황금 들판

너무나 빨간 과일 능금 향 천 리 길 펴고

이름 모를 들꽃들과 춤추는 고추잠자리

막걸리
한잔 기울이며
계절 타는 농부들

인생 2

사는 게 별거 있던가
구불구불 비탈진 길

세상사 별거 있고 없는 그 자체인 것들을

인생도
뭐 별거던가
생로병사 고갯길일 뿐

인생길

한세상 삶의 길에
행복은 한순간인걸

힘들었던 인생살이
더 소중한 삶인 것을

인생길
먼 항해 끝은
어차피 빈손일 뿐

심장

세파에 깊게 할퀸
검게 멍든 내 가슴아

너는 사그라지는
불꽃이 아니니라

다시금
힘차게 활활
타오를 불덩이

세월 속에

난 정말 너무나도 떠나기 싫은 길을
세월에 떠밀리어 여기까지 와버렸네
오늘도
벌써 저만치
또 끌리어 가고 있네

친구들은 함께 가자 날 못살게 구는데
갈 수 없는 사실들이 발목을 묶어놓고
떠나도
떠날 수 없는
그림자만 서성인다

또 한 세월

어릴 적 조바심에
더디 가던 그 세월

자라선 삶에 묻혀
돌아보지 못한 나날

이제는
그 세월 품고
쉬엄쉬엄 걷는다

너무나 빠른 시간
떠밀리듯 쫓아가고

지나가는 걸음걸음
그림자만 깔리는데

떠나도
떠나지 못하는
내 얼굴빛만 검게 탄다

텅 빈 세월

시간도 흘러가고

사람도 떠나가고

멈추는 것 무엇이고

남는 것은 누구인가

어디로

떠날 것인가

약속 없는 나그넷길

어느 오후

햇살이 앙증맞게

엿보는 창틈 사이

적막한 책상 위에

낡은 책 홀로 졸고

애달픈

파란 사연들

갈피마다

서려 있네

가슴

가슴속 얼어붙은

얼음장 녹여보자

차갑게 혹사당한 너

이제 좀 쉬게 하자

증오에

멍들기 전에

사랑 가득 충전해 봐

시계

인생의 바늘은 쉬지 않고 가고 있다

삶이란 서로 맞물려 돌고 돌아가는 것

우리는
희로애락 속에
내일 삶을 모른다

잠시도 쉬지 않고 흐르는 우리들의 강

빠른 듯 느린 듯이 함께 가는 시분초침

세 개의
시곗바늘처럼
내일을 열어간다

산다는 것은

녹색등 청춘은 세월 속에 다 묻히고

그리움 애절함만 추억 속에 떠오른다

숨차게
달려온 나날
돌아보는 이 시간

격랑의 생활 속에 허우적 거리다가

어느새 열정도 식어 적신호로 바뀌고 있다

한평생
산다는 것은
깜빡이는 신호등

소금산 출렁다리*

고개를 들어보니
하늘이 흔들흔들

발아래 굽어보니
강과 들이 어질어질

세상사
모두가 현기증
언제쯤 멈춰질까

* 원주시 지정면 간현리 소재.

마음밭

자갈돌 잡초들만
무성한 거친 마음

줍고 뽑고 갈고 가꿔
옥토로 일궈내어

언제나
소담스러운
꽃 한 송이 피워볼까

거치른 비바람에
초목들 흔들려도

마음속 삶의 거처
꽃밭으로 바뀌는 날

마음은
자연과 더불어
그리움을 낳는다

새벽 열차

새벽을 달려간다 기적을 울리면서

터널 속 긴 어둠을 저 멀리 끌고 간다

철길에
별빛 내리고
오늘도 동이 튼다

멀어진 기적 소리 잔별 속에 흩어지고

아득히 멀어져 간 옛 추억을 더듬는다

열차는
어둠을 뚫고
달빛 속에 젖는다

이른 새벽 첫 열차는 긴 하품을 하면서
목적지를 향해서 시나브로 떠나간다
덜커덩 바퀴 소리는 긴 여운을 남긴 채

살아가는 길

너는 나를 보고 있는가
혹여 나를 탓하는지
지난날 너를 보며 마음속 그림자 지워버릴까

비틀린
흔들림 넘어
쓰라린 냉가슴앓이

술에 취해 걸어온 길
사랑하다 떠나보면
응어리진 한숨 깊이
풀리는 것들 한둘 있어

그래도
무한한 사랑 안고
어떻게든 살아갈 거야

사랑은 미워하지 않고
미움은 또한 사랑의 불씨
가다가 돌아서 보면 그는 또한 웃음 가득한 모습

또 한 번
돌아와 앉아
내 걸어온 길 돌아볼 뿐

빈집

고향의 산골짜기
적막한 오두막집

아직도 설운 사연 녹아 배어 있구나

우거진
잡초 속에서
하나둘씩 돋아난다

지나간 세월 속에
추억만 잠자는 곳

바람과 흰 구름이 휘돌아 스쳐 갈 뿐

물소리
산새 울음만
잠시 쉬어 가는 곳

정지용문학관에서

정성을 쏟아부어
걸어온 외길 인생

지금껏 이어지는
끝없는 당신 사랑

용솟음
뜨거운 숨결
위대한 문학 사상

2부

할미꽃

봄 마중

산은 강 못 건너고

강은 산을 못 넘네

힘겨워 오는 봄

산 오르기 숨 가쁘다

산그늘

내려와 앉아

마중하는 봄 손님

봄이 왔네

손 시린 산골 물은 봄이 왔다 수다 떨고
시냇가 버들가지 실눈 뜨고 흘기네
자기도
좀 봐달라고
살짝 고개 내민 들꽃

벌 떼들 산수유와 한바탕 놀아나고
햇살과 실바람은 매화꽃 어루만져
비탈길
휘휘 늘어진
개나리는 팔랑팔랑

연분홍 진달래꽃 수줍은 새색시 볼
소복한 목련꽃은 수런수런 봄 마중
산마루
흐드러진 벚꽃
하얗게 손짓한다

할미꽃

아지랑이 졸고 있는 양지바른 비탈길
붉은 입술 은銀솜털 보송보송 단장하고
연둣빛
찬 봄바람 속에
휘날리는 은백발銀白髮

시집간 세 딸 박대 연년이 쌓인 설움
긴 세월 얼마나 그렇게 피고 지고
한평생
고개 떨군 채
무슨 사연 많은지

돌아보니 슬픈 추억 애처롭게 살아온 길
야속한 할아범 무덤 홀로 지키다가
모질다
순리라는 게
등허리가 휘었어

참꽃*

사월의 창가에는
그리운 모습 어린다

수줍어 숨어서 온
숲 그늘 속 고운 임

콩 콩 콩
수줍던 사랑
분홍빛으로 다시 온다

* '진달래'의 방언.

벚꽃이 흩날리네

봄은 온갖 꽃들 세상

소망의 향기 향연장인가

심술궂은 꽃샘바람

무심코 스쳐 가니

모든 것

잠시 잠깐일 뿐

벚꽃잎이 흩날리네

벚꽃이 지네

화들짝 흐드러진 이른 봄 벚꽃 잔치

원앙들 사랑 찾던

서천 둑방 벚꽃 숲길

애꿎은

꽃샘추위에

꽃비만 휘날리고

봄 꽃바람

색깔 진한 봄의 산천 산수유 벚나무들
갖가지 색동옷 곱게 곱게 차려입고
연분홍
진달래까지
봄 산천은 취했네

끝없이 보답하는 자연의 넓고 높은
큰 사랑 아낌없이 베푸는 자연의 정
그 사랑
놓치지 않고
내 가슴속 영원히

바람은 끊임없이 불어오고 불어 가지만
꽃들은 그사이에 꽃잎 향도 잃어가지만
지는 잎
흐르는 봄 길엔
연둣빛 향이 짙네

봄바람 났네

홍매화 진달래는
불그스레 입술 단장

산수유 개나리는
노란 옷 걸쳐 입고

벙글은
새하얀 목련
면사포를 썼구나

복사꽃 향기 속에
너도나도 봄바람 나

흐드러진 벚꽃과
한바탕 놀아나네

삼천리

금수강산이

꽃바람에 젖는다

장미

윤사월 푸르름이

매혹적인 그 자태

날 벼린 그 입술에

베일까 두렵다

검붉은

너의 선혈 앞에

내 심장이 멎는다

망초꽃

이 땅에 무리 지어

어디나 피어난다

소박하고 너무 흔해

누구도 관심 없다

자세히

눈여겨 맞춰 보니

모록모록* 소담하다

* 나무, 풀, 꽃 같은 작은 무더기들이 종종 모여 있는 모양.

들꽃

잡초 속
살짝 내민
조그만
너는 민낯

어쩌나
외로워서
누구 하나
관심 없다

너와 나
눈빛 맞추니
첫사랑
임의 꽃

들풀

무명초 볼품없다
업신여기지 마라

꼭 있어야 할 곳에 인연 따라 태어났다

그 나름
한철 생애를 정열 바쳐 살고 있다

오월 어느 봄날

흰 구름 내려앉아 수채화 그리더니

봄볕의 시샘 속에 구름은 쫓겨 가고

봄바람
기지개 펴며
산봉우리 하품한다

어둠이 드리우니 별들이 속삭이고

수줍은 눈썹달은 별들과 숨바꼭질

온종일
분주했던 봄
꾸벅꾸벅 졸고 있다

봄은 그렇게 떠나가고

실바람은 애달픈
뻐꾹새 노래 달고

온 산천 물들인
찔레꽃 하얀 향기

초여름

짙은 연둣빛

이 봄 더디 떠나가고

달맞이꽃

여름 저녁 피어나서
무더운 밤 지새우며

은하수 별도 없는
적막한 꼭두새벽

그 누굴
그리워하다
지쳐버린 밤의 요정

구름 속 길을 잃었나
그 사람 오지 않고

찬 이슬 흠뻑 머금고
사르르 잠들었네

노오란

기다림 속에

가슴 아픈 서러운 꽃

찔레꽃

험난한 가시덤불
우리 엄니 같은 인생

한평생 찢긴 상처
얼마나 우셨겠나

새하얀
찔레꽃 향기
노을 속에 붉게 탄다

들국화에게

그대여 당신은 한 떨기 들국화
깊은 가슴속 피는 흠 없는 사랑
저녁놀
타다 남은 빛깔
핑크빛 초연이다

그대여 저 멀리 석양에 물든 언덕
붉은 기다림 속 가을이 저무는데
태양열
외면한 채 피어난
그윽한 사랑의 화신

그대여 별빛이 부서지는 가을밤
땅거미가 내리고 어슴푸레 떠올린
당신은
고결한 아름다움
내 사랑을 위하여

단풍 계절에

긴 여름 지나기가 너무나 힘들었나
수줍은 새악시 볼 불그레 물들었네
몹시도
부끄러워서
나 자신을 보이기 싫어

가을밤 풀벌레 소리 그리움을 한결 더해
땡볕에 하늘 우러러 무더위를 토하다가
익어서
떨어지는 눈물
붉은 마음으로 고인다

바람 따라 불어 가는 생각은 깊어지고
떨리는 마음 조각 아파오는 간절한 소망
귀뚜리
마음 붉히며
가을철은 저문다

민들레

서울 도심 한복판쯤
인도의 벽돌 틈새

끈질기게 밀어 올려
납작하니 엎드렸다

노란색
여린 꽃 하나
고결한 숨비소리

얼음꽃

고독을 넘지 못해

가던 길 멈추고서

눈물로 방울방울

색깔 없는 겨울꽃

벌 나비

향기도 없이

온몸으로 피었나니

3부

가을 산

느림보 강

속 깊은 저 강물은
장애물을 만나면
먼 길을 돌고 돌아 묵묵히 흘러가고

힘들면
잠시 머물다
동무해서 함께 간다

아득히 멀고 먼
고난의 긴 여행길
목적지인 바다로 조용히 도도하게

서서히
서둘지 않고
분수대로 흘러갈 뿐

남이섬

수많은 사람들이
밀물처럼 들어오고

온종일 왁자지껄
썰물처럼 나간다

한 많은
희로애락을
품고 산다 그 섬은

만국기 펄럭이고
이방인들 아수라장

얽히고 설키어
부대끼고 뒤엉킨다

지구촌

축소판이다

조그마한 그 섬은

지평선

땅 위와 하늘 밑에

서로 만난 그곳은

눈에는 아릿아릿 발과 손이 닿을 수 없네

아득히

머나먼 고향

갈 수 없는 한평생

청량사*에서

바람도 쉬고 있는

기지개 켜는 봄날

행자승 목탁 소리

적막을 다 깨우고

법당 안

저녁노을만

소리 없이 내리네

* 경북 봉화군 명호면 소재.

불영계곡

신령님도 감동하여 생겨난 사랑바위*
오누이 통곡 소리 지금도 들려오고
그 옛날
애절한 넋은
금강송에 젖어 큰다

통고산* 노송은 말없이 짙푸른데
애틋한 전설은 이끼 속에 스며들고
신통한
삼지구엽초三枝九葉草**
마음속에 있는 것을

기암절벽 에워싼 낙락장송 변함없고
불영사* 감아 도는 겨울잠 깬 왕피천*
봄소식
요란스러운데
아직은 손 시리다

산사

세월도 잠시 멈춘 듯

적막한 암자에는

검푸른 낙락장송

묵묵히 지키고 있다

불청객

발걸음 소리

잠이 깬 풍경 소리

산 풍경

안개구름 산허리를 휘감아 한 폭 산수화

바람이 시샘하여 구름은 달아나고

저녁놀 골짜기마다 찾아들어 잠을 청한다

어둠이 내려앉아 달과 별은 소꿉장난

온갖 산새 초목은 고단해 잠이 들고

그렇게 오늘은 저물고 내일을 기다린다

아침 이슬

거미줄에 아침 이슬
대롱대롱 맺혀 있네

실바람에 떨어질까 아슬아슬 안간힘

아침 해
솟아오르니

구름 따라 가버렸나

소나기

후드득 퍼붓고

바람까지 세차다

우산도 소용없고 흠뻑 젖어 홀로 걷는다

마음도

심술부린다

또 오다가 말다가

삼복더위

쇠뿔도 녹인다는
무더운 삼복 기간

호들갑 떨지 마라
대자연의 순리인 것을

그 또한
지나가리라
그러려니 하면 될 걸

삼복도 지나고 보면 별거 아닌 것을

그것도 잠깐일 뿐
탓해서 무엇 하리

한 세월

잠시인 것을
헛되이 보낼 건가

바다

파도와 모래언덕

뜨겁게 사랑하는

목마른 갈증 풀고

고단함 쉬어 가네

갈매기

제 갈 길 찾아

수평선을 훨 훨 훨

한가위 보름달

계수나무 깊은 곳에
내 꿈이 숨어 있다

옥토끼 방아 찧는 그런 꿈이 살고 있다

그 소원
꼭 이루려고
두 손 모아 빌고 빈다

가을 산

누가 술을 먹였나
산들이 만취했다

누가 불을 질렀나
산들이 활활 탄다

계절이
심술부리니
열병에 빠진 가을 산

저절로 취했겠나
긴 폭염 버티느라

혼자서 붉었겠나
모진 풍파 견디느라

중독된

단풍 사랑에

바람났다 가을 산

가을을 보내며

계절은 바꿀 수 없는
운명과도 같은 것

발자국 소리 없이
살며시 다가왔다

한마디

작별도 없이

그렇게 야속히 간다

겨울의 문턱에서

서천 둑방 찬 바람에 외로운 빈 의자

떨어지는 나뭇잎들 친구가 되는구나

웬일로
매운 컵라면
소주 한잔 생각난다

싸늘한 바람에 낙엽들은 나뒹굴고

벚나무도 덜덜 떨고 내 마음도 떨리고

오늘은
무슨 일일까
그 사람이 몹시 그립다

겨울 바다

눈꽃 산은 푸른 바다
베개 삼아 누웠고
바람 일어 산천초목 저마다 분주하다

노송에
걸린 초승달
떠날 길을 잃었다

실연당한 은빛 파도
암벽과 씨름하고
흰 구름은 노 저으며 파란 하늘 마름질한다

바다는
묵비권 행사
세상사를 모른다

겨울밤

살을 에는 동짓달

긴긴밤 지새우며

차가운 밤하늘

쳐다보니 별이 얼었고

마음도

얼어붙었다

빛 잃은 저 별과 같이

동해에서

바다는 부르는데
수평선은 아득하다

파도에 멍이 든 섬
외롭게 울고 있다

한 맺힌
응어리 하나
바닷속에 풀어본다

때로는 뒤돌아보자

살아온 길 뒤돌아보면
자신을 알 수 있다

앞만 보면 어디쯤
서 있는지 알 수 없지만

가끔은
위 아래 옆도
살피면서 길을 가자

한 해를 보내면서

올 한 해 지나온 길
머릿속은 새하얗고

차디찬 칼바람 속
햇살은 식어간다

석양빛
붉게 젖은 가슴
그리움만 밀려드네

4부
사모곡

부모님

은빛 머리 아버님

기침 소리 가르침

허리 굽은 어머님 무한한 내리사랑

얼마나

그 아린 모습

더 뵐 수가 있을까

사모곡

동짓달 기나긴 밤
살을 에는 눈보라

저 멀리 시골집 창
정겨운 두 그림자

어머니
다듬이 소리
사무치게 그립다

밤늦도록 돌아보고
다시 앉아 바느질

어머니 아픈 속을
이제 와서 느낀다

지금도
다 젖은 소매
허리 굽은
말씀
말씀

노년

사랑과 행복으로

가득 차야 할 노년

늙어서 황혼 되면

왜 외로워지는지

고독사孤獨死

벗어버리고

따뜻한 임종 맞으오

제삿날

칠십 고개 못 넘기고
멀리 떠난 임이시여

지금까지 기다려도 돌아오지 못하시네

꼭 그날
매년 단 한 번 꽃향기로 오시네

조상님께 소원 빌고
음복술에 취했네

비몽사몽 헤매다 아찔한 벼랑 끝에

네 이놈
악! 눈떠보니 깜빡이는 촛불 하나

사춘기

철없던 학창 시절 아련한 추억일 뿐
지금은 뭘 하는지 어떠한 모습인지
사춘기 짝사랑이여
그리움만 남아 있네

그대는 화려하고 아름다운 여인이여
사랑의 꿈 넘치는 낭만의 그 시절
가슴속 짙은 행복감
사춘기의 짝사랑아

우리 그런 때 있었잖아

우리 서로 뜨겁던

그런 때 있었잖아

한겨울도 무더워

옷을 다 벗었었지

눈부신
그때 그 추억
한순간도 못 잊네

임 그리며

늦은 인연 언제나
봄볕처럼 따스했고

자주 못 만났으나
가슴은 뜨거웠고

지금은

볼 수 없지만

끝없이 설레이네

틈

헤어져도

헤어져 있는 것이 아니었어

너와 나 조그마한

실금이 생겼을 뿐

언제나

들어오라고

잠시 생긴 틈일 뿐

정情

내가 너를 미워하니

너도 나를 미워하는구나

미움도 정이라고

그 정도 사랑이런가

미운 정

고운 정 모두

마음속에 자라나네

인연

인연 인연 하는데

인연이 무엇인지

스쳐 가고 머무르는

오고 가는 것일까

잡은 손
놓치지 않는
그게 바로 인연이지

잘 만났네

웅장한 폭포는
큰 바위 잘 만났네

황홀한 석양 노을
구름을 잘 만났네

인생길
좋은 인연들
참으로 잘 만났네

흐르는 강은 산을 만나 쉬었다 가고

드높은 산은 강을 만나 외롭지 않다

더불어
살아가는 길
모두가 잘 만났네

함박눈

하늘 끝 먼 곳에서

흰 나비 떼 내려온다

밤새 어둠을 묻으며

뒤덮은 하얀 이야기

희미한

그대 창문가에도

흰 나비로 앉는다

눈 내리는 날

눈 오는 날은 그냥
누군가가 몹시 그립다

온종일 사무치는 맘
떠난 사람 때문인가

눈보라
휘몰아치면
소름 돋게 슬프다

눈 오는 날은 마냥
아침부터 그리워진다

아직도 그 사람을
못 잊은 까닭인가

함박눈

평평 내리면

더 서럽게 울고 싶다

꽃샘 눈

좋다고 겨우내
옆구리 빌붙다가
싫다고 봄바람에
휭하니 떠나간 너
왜 다시
삐쭉 돌아와
가슴에 물결만 치네

오려면 혼자 오지
심술궂은 바람까지
아린 추억 가물한데
자꾸자꾸 되살아나
얄밉게
찾아온 당신
마음만 심란하네

휴대폰

눈뜨면 궁금하여

맨 먼저 찾는다

무엇보다 가장 빠른

소식통 카카오톡

그리움

잠시 못 참아

손에 들고 기다리네

첫눈

첫눈 내리는 날은
그리움이 쌓여 든다

첫눈 오는 날은 희망이
소복소복 쌓여온다

첫눈은
가슴속까지
새하얗게 덮는다

첫사랑

그때 그 시절은 서로가
눈도 마주 못 맞추고

가슴이 두근두근
들킬까 봐 숨도 죽이고

어둠 속
그대의 모습
눈꽃처럼 희었네

한사랑

사랑은 눈앞에서
선하게 보이지만

미움은 가슴속에
꼭꼭 숨어버린다

큰 사랑
어둠 속에서도
움직이는 그림자

우리 죽으면

붙들지도 못하고
잡히지도 않는 세월

육신은 고목이 되고
정신은 치매 증상

죽으면
한 줌 잿개비*
그것마저 흔적 없다

* 불에 타고 남은 잿가루

선녀와 나무꾼

우리는 어느 날
운명처럼 만났다

우리는 언제나 불꽃처럼 타올랐다

선녀와
나무꾼인 줄

뒤늦게 깨달았다

| 해설 |

문학과 인간의 순수성 그 정체성의 향기

박영교 시인 · 한국문인협회 이사

문학은 인간이 살아가는 길道이라고 생각한다. 문학은 사람이 살아가는 길에 뜨겁고 눈물이 있는 정원의 꽃 향이거나, 또는 춥고 삭풍이 부는 날 따끈한 희망을 주는 내용이거나, 아니면 부패한 정치판 속에서 깨끗한 이슬을 건져 올리는 이야기라고 할 수 있다. 어려운 세상살이에서 보석 같은 언어로 사람들에게 삶의 활력을 부여해 가는 정신적 투혼이 바로 문학의 힘이며 우리 힘든 삶에 비춰지지 않는 정체성Identity을 잡아내어 일깨워주는 것이 문학의 의무이기도 하다.

김영기 시인이 첫 시조집을 내겠다고 원고를 보내왔다. 김영기 시인은 공직 생활을 마치고 (사)대한노인회 영주시지회에서

또 새로운 직을 맡아 일하면서 그 바쁜 와중에도 꾸준히 문학의 길을 걸어와서 지금 이 자리에 와 있다. 자기 자신 앞에 놓인 수많은 일을 다 헤쳐가면서 스스럼없이 자신의 위치를 이끌어가는 그의 정신적 힘을 높이 사고 싶다.

그는 누구보다 한 발짝 앞서가면서 다른 사람들을 인도할 줄 알고 자신보다 너무 앞서가는 사람에게는 충고의 위엄도 보여줄 줄 아는 직장인이며 동시에 시혼을 지닌 시인이다. 김영기 시인은 자유시로도 문단에 등단했을 뿐만 아니라 시조로도 탄탄한 작품을 쓰는 시인이다.

김영기 시인의 시집 『들꽃풀』은 4부로 나누어져 있다. 각 부 20편으로 구성하여 모두 80편의 작품을 실었다.

그는 우리 생활의 희로애락을 담은 시편들과 자연 친화적인 시편들로 긍정적인 삶의 정체성을 찾아 작품을 구성해 나가고 있다. 김영기 시인은 스스로 모든 일을 열정적으로 끝까지 마무리해 나가는 사람이다. '하면 된다'는 긍정적이고 조직적인 삶의 방식과 굳건한 의지를 높이 평가하고 싶다.

김영기 시인의 작품을 제1부부터 감상하면서 접근해 보도록 한다.

흰 구름 벗을 삼아
석양은 넘은 지 오래

두둥실 보름달은 강물 속 흐르는데

마음은
저 별을 좇아가
은하수로 떠도네

밤거리는 조용하고
내 마음 어수선한데

그래도 그리움은 하나같이 달려오는

밤바람
깊은 달빛들은
가슴속을 파고든다
  –「무상」전문

　우리의 삶이란 복잡하고 고달프다. 그러나 일상은 자연의 한
부분일 뿐, 무심히 흘러간다. 생각하지 않아도 그리움은 가슴속
에 존재하는 것, 작품 「무상」 속에 흐르는 메시지다.
　일을 다 하고 저녁때 나와보면 하늘엔 보름달이 떠 있고 시인

의 마음은 빛나는 별들을 좇아서 캄캄한 밤하늘로 올라가지만 별을 따라다니다가 은하수의 흐름에 뒤섞일 뿐이다.

밤거리가 조용해도 그리운 마음은 잡히지 않고 밤바람을 타고 흐르는 달빛이 가슴을 파고든다고 한다.

　　인생이란 길 위에서 누구나 태어나면
　　쉼 없이 걸어가는 노숙자가 되는 거다

　　인생은
　　흘러가는 것
　　삶으로 채우는 것

　　사랑도 생활 함께 동행하면 좋으련만
　　우리들 삶 속에서 부도는 내지 말자

　　청명한
　　추풍秋風의 향기
　　물결치는 황금 들판

　　너무나 빨간 과일 능금 향 천 리 길 펴고

이름 모를 들꽃들과 춤추는 고추잠자리

막걸리
한잔 기울이며
계절 타는 농부들
 —「인생 1」전문

　우리가 살아가는 인생길은 누구라도 태어나면 삶을 위하여 쉼 없이 걸어가야 하는 노숙자의 길이라고 시인은 말한다. 사람이 살아가는 길은 늘 그렇게 삶으로 채워지는 것이라고 본다.
　둘째 수에서는 사랑도 우리 생활과 같이 물 흐르듯 동행한다면 좋겠지만 그러지 못해도 중단하지 말자는 것. 가을날 청명한 바람과 함께 항상 가을이었으면 좋겠다는 희망이 간절하다.
　마지막 수에서는 영주의 가을은 사과의 빨간 빛깔에서부터 온다고 말한다. 이름 모를 들꽃들과 함께 하늘을 나는 고추잠자리를 보면서 들판에서 마시는 막걸리 한잔이 그리워지는 농부들, 즉 시인은 인생 나그넷길 중 가을에 와 있음을 고상하게 표출한 작품이다.

　난 정말 너무나도 떠나기 싫은 길을
　세월에 떠밀리어 여기까지 와버렸네
　오늘도

벌써 저만치
또 끌리어 가고 있네

친구들은 함께 가자 날 못살게 구는데
갈 수 없는 사실들이 발목을 묶어놓고
떠나도
떠날 수 없는
그림자만 서성인다
　－「세월 속에」 전문

「세월 속에」에서 시인은 세월에 끌려가는 자기 자신이 싫다
고 말한다. 자신의 의지로 여기까지 온 것이 아니라 세월에 떠
밀려 억지로 여기까지 왔다는 것이다. 오늘도 벌써 하루가 세월
에 떠밀려 가고 있음을 안타까워한다.

친구들은 함께 여행을 가고 삶을 즐기자고 부추기지만 정작
시인 자신은 함부로 떠날 수 없는 발목 묶인 삶이라며, 모든 사
람이 다 떠나도 떠날 수 없는 자신을 그려놓고 있다.

「인생 2」와 「시계」는 쉬지 않고 흘러가는 우리 인생의 삶을
같은 주제로 노래하고 있다.

녹색등 청춘은 세월 속에 다 묻히고

그리움 애절함만 추억 속에 떠오른다

숨차게
달려온 나날
돌아보는 이 시간

격랑의 생활 속에 허우적 거리다가

어느새 열정도 식어 적신호로 바뀌고 있다

한평생
산다는 것은
깜빡이는 신호등
　－「산다는 것은」 전문

　우리 인간들이 산다는 것은 녹색등과 같은 젊은 청춘은 세월
따라 흘려보내고 그리움과 애절함만 추억 속에 떠올리는 것이
다. 지금 여기까지 와서 돌아보면 그 그리움들이 오버랩 된다.
　또 우리가 산다는 것은 어렵던 격랑의 세월 속에서 허우적거
리다가 어느새 삶의 열정도 다 식고 이승을 떠날 때까지 깜빡이
는 적신호처럼 조심조심 살아가는 것이고, 그게 인생이라는 것

이다.

고향의 산골짜기
적막한 오두막집

아직도 설운 사연 녹아 배어 있구나

우거진
잡초 속에서
하나둘씩 돋아난다

지나간 세월 속에
추억만 잠자는 곳

바람과 흰 구름이 휘돌아 스쳐 갈 뿐

물소리
산새 울음만
잠시 쉬어 가는 곳
    -「빈집」전문

이제 시골 마을에는 어린아이 울음소리가 거의 들리지 않는다. 젊은이들은 일거리를 찾아 도시로 떠나버리고 노인들만 고향을 지키고 있으니 빈집들은 계속 늘어만 간다.

김영기 시인도 자신이 살던 고향 집을 가보면 아직도 그때 어려운 삶을 살던 생각이 찬 바람처럼 마음을 휘돌아 나가고 잡초 우거진 생각만 거듭난다. 지나간 세월 속에 추억만 잠자는 곳이 시인의 고향 집이다. 주위의 빈집들을 보면서 지난 세월의 아픔을 절감하고 있다.

정성을 쏟아부어
걸어온 외길 인생

지금껏 이어지는
끝없는 당신 사랑

용솟음
뜨거운 숨결
위대한 문학 사상
－「정지용문학관에서」전문

영주문예대학 문학기행으로 충북 옥천에 있는 정지용문학관과 그 일대를 탐방한 적이 있다. 그때 쓴 작품인 것 같다. 기행시

를 쓸 수 있는 능력을 갖춘 시인임을 높이 평가하고 싶다. 시「정
지용문학관에서」를 읽으면 문학기행 갔던 생각이 절로 떠오른
다. 전시관에서는 '지용 연보'와 문학 세계에 대해 좀 더 심도 있
게 알아볼 수 있고 문학체험관에서는 음악과 영상이 함께하는
작가의 시를 감상할 수 있다. 또한 정지용 시인 생가도 복원되
어 여행객의 발길이 이어진다.「향수」에 나오는 "실개천이 휘돌
아 나가"는 모습은 시멘트가 발라진 탓에 곧게 뻗어 있어 운치
가 덜하지만 초가집 툇마루에 앉아 시인이 노래한「향수」를 음
미해 보는 낭만적인 시간을 가질 수도 있다.

산은 강 못 건너고

강은 산을 못 넘네

힘겨워 오는 봄

산 오르기 숨 가쁘다

산그늘

내려와 앉아

마중하는 봄 손님
－「봄 마중」 전문

작품 「봄 마중」은 단형시조로서 딱 맞아떨어지는 훌륭한 작품이다. 초장이 너무나 좋은 대구법으로 잘 시작되었다. 어느 누구라도 이런 초장은 쉽게 만들지 못할 것 같다.

중장도 초장을 받아서 잘 짜인 구절이다. 봄엔 산 아래서부터 올라가면서 연둣빛으로 변하게 되고 가을엔 산꼭대기에서부터 시작하여 내려오면서 붉게 되는 것을 생각해 볼 때 "산 오르기 숨 가쁘다"는 얼마나 절묘한 표현인가?

종장에서도 초·중장을 받아서 시 전체를 아우르는 언어를 구사하고 있음을 볼 수 있다. 너무나 알맞게 꽉 짜인 작품이다.

화들짝 흐드러진 이른 봄 벚꽃 잔치

원앙들 사랑 찾던

서천 둑방 벚꽃 숲길

애꿎은

꽃샘추위에

꽃비만 휘날리고
　－「벚꽃이 지네」 전문

　한창 벚꽃이 피고 모든 꽃들이 피는 춘삼월이면 영주의 서천
둑방 벚꽃 숲길을 자랑할 만하다. 밤에는 조명등으로 한결 벚꽃
이 돋보여 벚꽃놀이하기에 좋은 곳이기도 하다. 또한 경북전문
대학교의 교정과 외곽 길에도 벚꽃이 한창일 때 영주시는 환상
적인 밤을 맞이한다.

　벚꽃이 활짝 핀 꽃길을 연인끼리 또는 가족들끼리 걷는 밤 소
풍길은 화려하고 아름답다. 꽃들이 떨어지는 시기에 가면 하염
없이 내리는 꽃비, 흰 눈이 내리듯 낙화落花의 즐거움도 즐길 수
있는 곳이다. 시인은 은근히 영주시를 자랑하고 있다.

　이 땅에 무리 지어

　어디나 피어난다

　소박하고 너무 흔해

누구도 관심 없다

자세히

눈여겨 맞춰 보니

모록모록 소담하다
　－「망초꽃」전문

　김영기 시인은 이 시에서 망초꽃은 아무도 관심을 주지 않지
만 스스로 어디에나 모여서 소담스럽게 다소곳이 피고 지는 꽃
임을 노래하고 있다. 한 사회의 구성원은 있는 듯 없는 듯 해도
제자리가 비면 그 사회가 일그러진다. 김 시인은 자연의 한 자
리를 빌려 사회를 풍자했다.

무명초 볼품없다
업신여기지 마라

꼭 있어야 할 곳에 인연 따라 태어났다

그 나름

한철 생애를 정열 바쳐 살고 있다

　　－「들풀」 전문

　작품 「망초꽃」과 「들풀」은 볼품없고 사람들이 알아주지도 않는 대상들을 노래했다. 아무도 알아주지 않는 대상을 통해 시인이 바라보는 것은 무엇인가? 우리들의 삶에 있어서 무엇을 이야기하려고 하면 회장이나 그곳의 우두머리만 찾는 이 세상에서 가장 밑바닥에서 일하는 사람들의 고뇌도 알아주었으면 하는 마음으로 이런 작품을 쓰지 않았을까 싶다. 그 물음의 해답은 중장과 종장에 잘 나타난다.

　창작 활동을 한다는 것은 어떤 일보다 어려운 일이다. 특히 시, 시조, 소설의 창작은 더욱 어렵다. 어떤 창작 활동도 마찬가지이지만 어느 한 장르에서 훌륭한 창작이라고 할 수 있는 작품은 독자의 공감을 얻어낼 수 있어야 한다. 그 공감이 한 시대, 한 사회의 이슈가 되거나 풍류의 기반이 되기도 한다. 역으로 한 작품 속에는 그 시대의 사상과 배경을 녹여내는 풍미가 있어야 한다.

　시조는 시로서 형상화되어야 하고 시조로서 율격이 맞아야 하기 때문에 시조를 창작하는 시인은 이중고를 겪을 수밖에 없다. 현대시조 장르에서는 그 율격에 있어 자수율뿐만 아니라 음보율도 함께 병행하는 시인들도 있다. 또한 시조의 외적 표현

방법 면으로 보면 각 장章마다 한 줄로 표현하여 3장 3행으로, 각 장마다 두 줄씩 6행으로 나타내는 시인들도 있고, 또 각 수를 줄글로 표현하는 시조도 있다.

　　흰 구름 내려앉아 수채화 그리더니

　　봄볕의 시샘 속에 구름은 쫓겨 가고

　　봄바람
　　기지개 펴며
　　산봉우리 하품한다

　　어둠이 드리우니 별들이 속삭이고

　　수줍은 눈썹달은 별들과 숨바꼭질

　　온종일
　　분주했던 봄
　　꾸벅꾸벅 졸고 있다
　　 -「오월 어느 봄날」 전문

김영기 시인의 장점은 소재에서 감성을 쉽게 이끌어내어서 자신의 시로 만드는 센스이다. 어렵게 또는 억지로 꿰맨 자국이 없다는 것도 장점에 속한다. 위의 작품도 바로 그런 유의 작품이다. 자연스럽게 이끌어가는 것, 즉 물이 높은 데서 낮은 데로 흘러가듯이 자연스럽다.

　두 수 한 편으로 된 작품인데 봄이 와서 모든 만물이 기지개를 펴고 있으며 봄바람 속에 산들이 졸고 있는 듯하다. 둘째 수에서는 밤이 오면 눈썹달과 별들은 속삭이고 있으며 봄밤에 모든 생물들은 점점이 졸고 있다고 했다.

　　험난한 가시덤불
　　우리 엄니 같은 인생

　　한평생 찢긴 상처
　　얼마나 우셨겠나

　　새하얀
　　찔레꽃 향기
　　노을 속에 붉게 탄다
　　　-「찔레꽃」전문

　김영기 시인은 어려운 우리들의 삶 가운데 가장 어렵게 살아온 어머님의 일생을 시로 풀고 있다.

온 가족을 뒷바라지하며 우리 삶의 근간이 되는 어머니에 대한 평가는 항상 뒷전으로 밀려나 있었는데 김영기 시인의 작품을 통해 어머님의 위상을 다시 보는 듯하다. 험난한 가시덤불 속에서 새하얗게 피어나는 찔레꽃의 그 향기처럼 어머님의 향기는 온 가정 곳곳에서 나타난다.

그대여 당신은 한 떨기 들국화
깊은 가슴속 피는 흠 없는 사랑
저녁놀
타다 남은 빛깔
핑크빛 초연이다

그대여 저 멀리 석양에 물든 언덕
붉은 기다림 속 가을이 저무는데
태양열
외면한 채 피어난
그윽한 사랑의 화신

그대여 별빛이 부서지는 가을밤
땅거미가 내리고 어슴푸레 떠올린
당신은

고결한 아름다움

내 사랑을 위하여

−「들국화에게」전문

　사랑하는 그대를 들국화에 비유하고 있는 시이다. 우리가 살아가면서 한 대상을 보고 사랑하고 느끼는 인물의 성질이나 성품을 다른 대상과 연결시켜서 생각할 수 있다.

　사랑하는 그대는 흠 없고 티 없는 사랑을 주는 핑크빛 초연이다. 둘째 수에서는 그대는 석양에 물든 언덕 저무는 가을 태양 열을 외면한 채 피어나는 사랑의 화신이다. 마지막 수에서는 별빛이 부서지는 가을밤 어슴푸레 떠올린 내 고결한 사랑이라고 했다. 들국화는 찬 서리가 내려도 거침없이 참아가며 외로움을 홀로 안으로 삭이면서 기다리는 그 기다림의 화신이라고 볼 수 있다.

서울 도심 한복판쯤

인도의 벽돌 틈새

끈질기게 밀어 올려

납작하니 엎드렸다

노란색

여린 꽃 하나
　고결한 숨비소리
　-「민들레」전문

　민들레는 아무리 어렵고 척박한 곳에서도 목숨을 연명해 가
며 번식을 하는 식물 중의 하나이다. 주로 우리 민족을 민들레
에 비유하곤 한다.
　「민들레」는 서울의 도심 한복판, 사람들이 걸어 다니는 인도
의 벽돌 틈 사이에서 자라나서 납작 엎드린 채 자기의 씨를 퍼
뜨리기 위하여 꽃을 피우면서 살아가는 민들레꽃을 시화한 작
품이다.
　이 작품 종장을 보면 그 얼마나 어렵게 살아왔는가를 되새겨
볼 수 있다. 노란색 여린 꽃 하나를 얻기 위해 고결한 숨비소리
를 내면서 살아왔음을 독자들은 느낄 것이다. 그 어려운 삶 속
에도 사랑이 있고 그리움이 싹트고 눈물을 안겨준다. 우리 인생
을 비유할 수도 있는 작품이다.

　수많은 사람들이
　밀물처럼 들어오고

　온종일 왁자지껄
　썰물처럼 나간다

한 많은
희로애락을
품고 산다 그 섬은

만국기 펄럭이고
이방인들 아수라장

얽히고 설키어
부대끼고 뒤엉킨다

지구촌
축소판이다
조그마한 그 섬은
　 　 　 　 　 　 　 －「남이섬」전문

　늘 많은 사람들로 붐비는 남이섬은 여행객들이 쉬지 않고 들어왔다가 빠져나가는 곳이다. 그곳은 외국인들이 많이 오는 곳이기도 하다.

　조선 세조 때의 무신 남이장군의 묘가 있는데 강원도 춘천의 남이섬에 있는 남이 장군묘는 가묘로 알려져 있다. 실제 묘는

경기도 화성시 비봉면 남전리에 있다고 한다.

　김영기 시인은 그 수많은 사람들이 밀물로 들어왔다가 썰물로 빠져나가는 남이섬의 풍정을 잘 표현하고 있다. 얽히고 부대끼고 뒤엉키는 상황을 우리들이 살아가는 지구촌의 축소판으로 그리고 있음을 볼 수 있다.

누가 술을 먹였나
산들이 만취했다

누가 불을 질렀나
산들이 활활 탄다

계절이
심술부리니
열병에 빠진 가을 산

저절로 취했겠나
긴 폭염 버티느라

혼자서 붉었겠나
모진 풍파 견디느라

중독된

단풍 사랑에

바람났다 가을 산

－「가을 산」전문

가을 산을 만취한 산, 누가 불을 질러서 활활 타는 산으로 비유하고 있다. 종장에 있어서는 심술부리는 계절로 인해 열병에 빠진 산으로 비유하고 있는 것을 볼 수 있다.

둘째 수에서는 첫째 수에서의 언어의 상황 의식을 합리화하기 위하여 그것을 설명하는 형식을 취하고 있는 작품이다.

시인이 시를 쓰는 방법적인 수법은 다양할 수가 있다. 김영기 시인은 시작을 위하여 여러 가지 방법적인 시도를 잘 도입하고 있는 것을 볼 수 있다. 그것이 어떤 수사법이든 독자들이 그 작품을 읽고 확연하게 받아들여지는 공감이 있으면 그 작품은 성공한 것이다.

작품은 그 작가에게 있어서 살아 있는 영혼의 꽃이다. 그러므로 시인들은 자기 창작품에 대해서 발표하기 직전까지 퇴고와 번민을 하게 된다. 그 작품에 대해서는 항상 자신의 진실과 인격과 명예가 함께함을 생각하지 않을 수 없는 것이다.*

---

* 박영교, 『文學과 良心의 소리』, 도서출판 대일, 1986, p.182

서천 둑방 찬 바람에 외로운 빈 의자

떨어지는 나뭇잎들 친구가 되는구나

웬일로
매운 컵라면
소주 한잔 생각난다

싸늘한 바람에 낙엽들은 나뒹굴고

벚나무도 덜덜 떨고 내 마음도 떨리고

오늘은
무슨 일일까
그 사람이 몹시 그립다
　－「겨울의 문턱에서」전문

「겨울의 문턱에서」는 영주시를 한가운데 가로지르는 서천을
김영기 시인이 걷다가 얻어진 작품으로 겨울 문턱에 드는 계절
의 쓸쓸함을 노래한 작품이다.
　빈 의자, 거기에 떨어지는 낙엽들, 그렇게 서로 의지하면서

나뒹구는 푸석이는 낙엽 소리에 왠지 얼굴이 확 달아오르는 매운 컵라면이 생각난다고 한다.

둘째 수에서는 바람 소리에 뒹구는 낙엽들, 앙상한 벚나무까지 바람에 덜덜 떨고, 내 마음까지 떨고 있을 때, 언제 어떤 상황에 있는 친구이거나 연인이거나 잘 아는 사람 그 사람이 갑자기 그리워지는 때가 있음을 밝히고 있다.

　　동짓달 기나긴 밤
　　살을 에는 눈보라

　　저 멀리 시골집 창
　　정겨운 두 그림자

　　어머니
　　다듬이 소리
　　사무치게 그립다

　　밤늦도록 돌아보고
　　다시 앉아 바느질

　　어머니 아픈 속을

이제 와서 느낀다

지금도
다 젖은 소매
허리 굽은
말씀
말씀
　　－「사모곡」전문

　김영기 시인의 「사모곡」은 누가 읽어봐도 눈물이 난다. 왜 그
럴까? 그 당시 우리의 어머니들이 그렇게 어렵게 살아온 것을
우리는 알고 있으면서도 뒤돌아볼 새 없이 삶을 위해 달려왔으
니 반추해 볼 시간적 여유가 없었기 때문이다.
　우리 어머니들은 너무나 불운한 시대에 사셨다. 자식을 위해
모든 삶을 오롯이 바쳤으며 시부모와 남편도 섬겼다. 지금은 핵
가족시대를 맞아서 며느리한테도 대접을 받지 못하는 우리들
부모님 시대의 어머니이다. 죽을 때까지 봉양, 봉사만 하다가
자식들에게도 대접을 못 받고 돌아가시는 세대들이다.
　김영기 시인은 지금에 와서 어머니의 어려웠던 삶과 생활에
대해서 뒤돌아본다. 어머니를 그리워하는 이 시편을 통해, 시인
이 효심을 가진 자식임을 독자들은 느끼게 될 것이다.

지금까지 김영기 시인의 작품들을 잘 읽어보았다.

시인의 마음속에는 큰 바다가 펼쳐져 있어야 하고 때로는 높은 산도 우뚝 솟아 있고, 푸른 평원과 골짜기, 모래바람 몰아치는 사막도 깔려 있어야 한다. 고난 속에서 얻어지는 삶의 애절함과 또 푸른 평원에서 하늘을 바라보는 희망 솟구치는 환희도 있어야 한다. 호락호락한 삶은 없다. 어떤 경우에 처하든 그 삶의 모습을 형상화한 작품의 편린이 독자의 온 마음을 후려치는 회오리바람이 되거나 캄캄한 밤바다의 등대가 되기를 바란다.

시인은 빛을 스스로 만들어내며 살다가, 죽어서는 광채를 발하는 별과 같은 존재이기 때문에 이름을 남기는 시인은 항상 절차탁마하는 자세로 세상을 살아나가야 한다.

세상이 어지러울 때 깨끗한 정신력을 발휘하여 시대를 평정해 나가는 동시에 질서와 자리를 정리 정돈 할 수 있는 힘을 표출하고, 자생할 수 있는 능력을 만들어 나가는 지혜와 청렴, 정체성을 펼칠 수 있는 인재 또한 시인이며 문인들이다.

김영기 시인의 첫 시집 『들꽃풀』 상재를 축하하며 앞으로 더욱 훌륭한 작품을 써서 우리나라 문단에 큰 공을 세울 것을 믿어 의심치 않는다.